팝콘밥

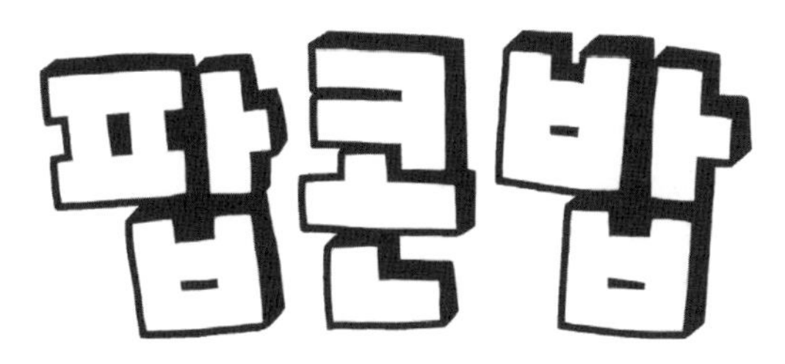

팝콘 밥

❶ 말하는 옥수수
팝콘 밥이 나타났다!

마랑케 링크 글
마르레인 판데르린덴 그림
신동경 옮김

차례

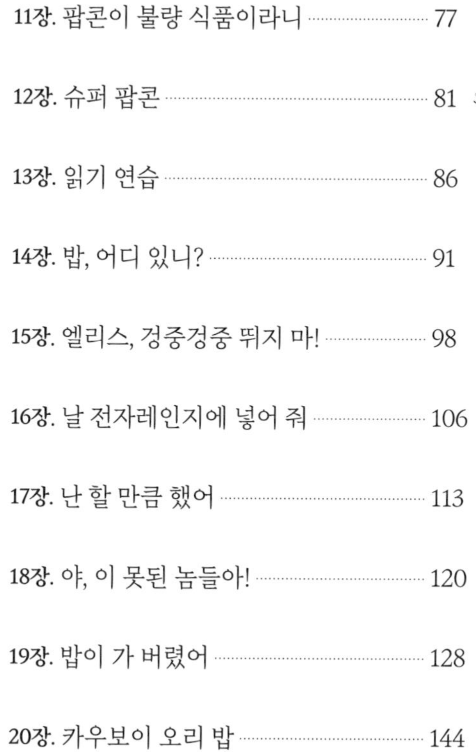

여기는
미국 중서부
옥수수 농장.
이 이야기는 이곳에서 벌어진
사건으로 시작되었다.

모두가 잠든 캄캄한 밤,

농장 주인 빌은 아무도 모르게 집을 빠져나왔다.

빌은 소리 없이 달려서 옥수수밭으로 들어갔다.

그러더니 한두 번 주위를 살피고는

주머니에서 작은 병을 꺼내

뚜껑을 돌려 열었다.

훅 퍼지는 지독한 냄새!

썩은 달걀 냄새에 플라스틱을 태우는 냄새가

섞여 있었다.

병에서 나온 액체는 땅에 닿자마자 부글부글 끓더니

쉭쉭 소리를 내며 스며들었다.

빌은 만족스러웠다.

하지만 코를 움켜쥘 수밖에 없었다.

이건 분명히 불법이었다.

지독한 냄새가 나는 게 당연했다.

빌은 이 약을 사느라 큰돈을 썼다.

"어서 쑥쑥 크렴." 빌이 옥수수 잎에 대고 속삭였다.

그리고 그대로 되었다.

다음 날, '슈퍼 울트라'를 먹인

옥수수들은 이미 훌쩍 자라 있었다.

어마어마하게 컸다!

다른 옥수수보다 적어도

1미터는 더 컸다!

옥수수 알갱이도

굉장했다.

그러나 빌은 곧 실망하고 말았다.

슈퍼 알갱이들은 터지지 않았다.

아무리 오래 뜨겁게 튀겨도

펑 터져서 팝콘이 되지 않았다.

"첫, 쓰레기나 다름없군."

빌이 화를 내며 소리쳤다.

"아무짝에도 쓸모가 없어."

빌은 슈퍼 알갱이들을

다른 옥수수 알갱이 더미에

던져 버렸다.

그러고는 아무도 구분하지

못하게 골고루 잘 섞어서

팝콘 공장에 팔아 버렸다.

늘 그랬던 것처럼 말이다.

빌이 무슨 짓을 했는지 아무도 몰랐다.

그때까지는….

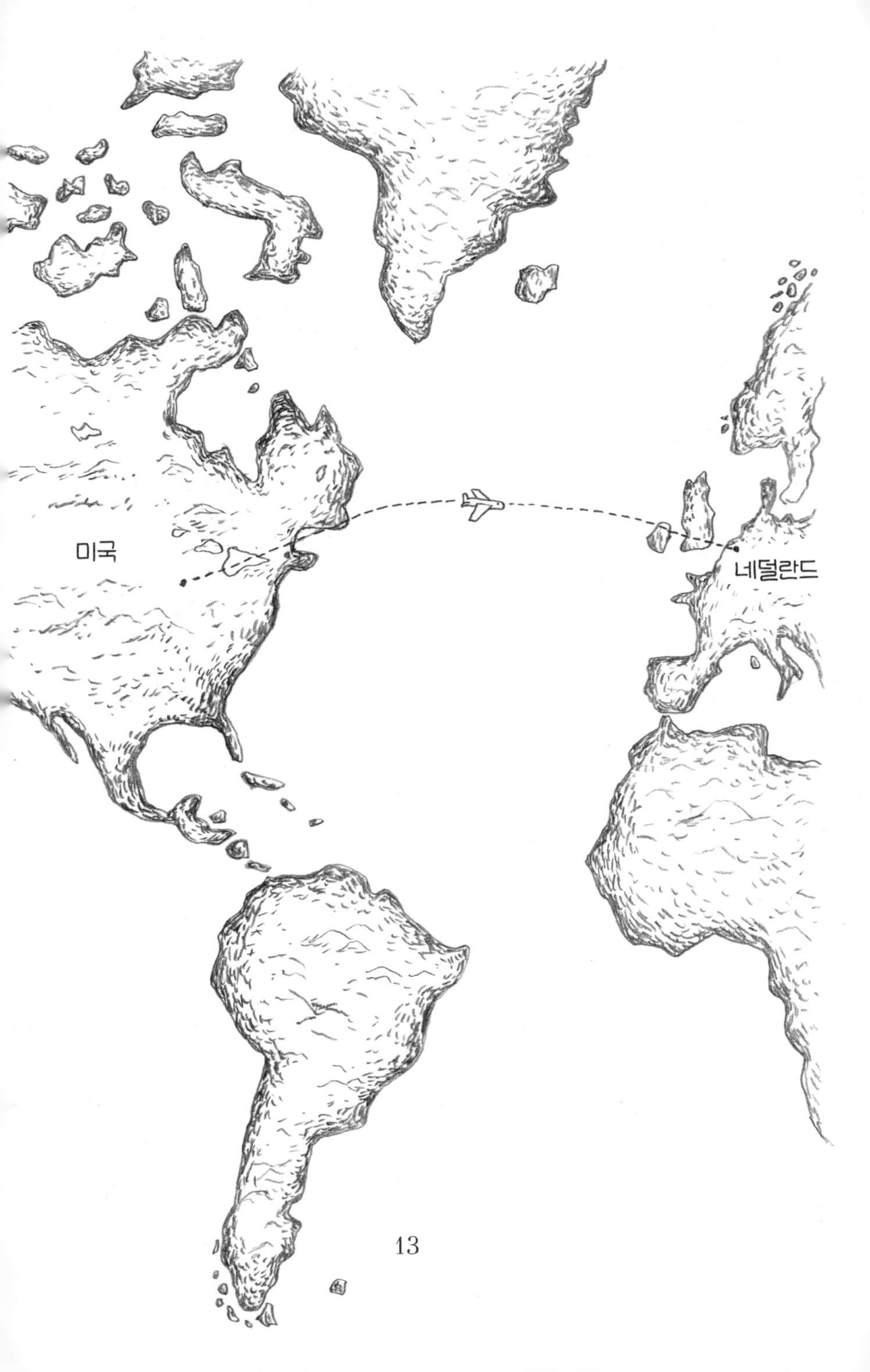
미국
네덜란드

얼마 뒤

네덜란드

1장

팝콘을 먹으면 행복해

안녕? 우리를 소개할게.

우리 아빠, 거스 아저씨 그리고 나야.

로봇 셔츠를 입은 사람이 우리 아빠 스티브야.

체크무늬 셔츠를 입은 아저씨는 거스

그리고 내 이름은 엘리스야.

난 나를 귀염둥이 엘리스라고 부르는 사람한테는

팝콘을 한 알도 주지 않아.

난 팝콘을 아주 잘 만들어. 진짜 끝내주지.

그렇다고 뭘 특별히 하는 건 없어.

팝콘 상자에 써 있는 대로 따라

할 뿐이야.

1단계

팝콘 봉지를 전자레인지에 넣고,

시간을 정확하게 맞추세요.

2단계

'시작' 버튼을 누른 다음,

알갱이가 터질 때까지

편안하게 기다리세요.

3단계

팝콘을 그릇에 담아서

맛있게 드세요.

짜잔!

아무래도 난 타고난 것 같아.

팝콘 튀기는 재능 말이야.

솔직히 이것 말고는 별로

잘하는 게 없어.

참, 물구나무서기가 있었지!

난 물구나무서기도 잘해. 하지만 물구나무서기로

사람들을 행복하게 만들 순 없어.

엘리스, 주방에선
물구나무서기 안 하면
안 될까?

팝콘으로는 누구든 행복하게 만들 수 있어.

그래서 내가 날마다 팝콘을 만드는 거야.

이런, 팝콘 먹다가
까먹을 뻔했어.
벌써 네 시가 다 됐어!
엘리스, 빨리 신발 신어.

오늘 우린 선생님과 상담하러 학교에 가야 해.

식탁 위 그릇에는 팝콘이 수북이 쌓여 있는데 말이야.

내가 그걸 보고 말했어.

“팝콘은 어떡하고?”

아빠가 말했어.

“집에 돌아와서 먹으면 되잖아.”

하지만 그럴 수 있나. 팝콘도 가져가야지.

2장

레인보우초등학교

우리 넷은 한 테이블에 앉았어.

킴 선생님이 한쪽에 앉았고,

아빠와 아저씨와 나는 맞은편에 앉았지.

아빠와 아저씨는 마치 우리 학교 남학생들처럼 보였어.

한 명은 턱수염을 기른 남학생 같았고,

또 한 명은 대머리 남학생 같았지.

그걸 보고 있으니 킥킥 웃음이 났어.

"엘리스, 기분이 아주 좋아 보이는구나."

킴 선생님이 말했어.

난 웃음을 뚝 그쳤어. 심각한 문제라니….

나는 주머니에서 몰래 팝콘을 꺼냈어.

아무도 보기 전에 입에 넣고는 아주 천천히 씹어 먹었어.

그래야 행복해지니까.

킴 선생님은 서랍에서 종이 한 장을 꺼내서
우리에게 보여 주었어.
“엘리스가 그린 거예요.”
“잘 그렸네요!” 아빠가 말했어.
엄지손가락까지 치켜세웠지.

거스 아저씨도 그림이 마음에 들었는지
나한테 윙크했어.
아빠와 아저씨가 우리 학교 남학생이었다면,
나랑 친구가 되었을 거야. 틀림없이!
난 아저씨 손에 팝콘을 한 움큼 쥐여 주었어.
그리고 윙크를 보냈지.

"이것 좀 보세요." 킴 선생님이 말했어.

"학생들에게 자화상을 그리라고 했어요.

반쪽은 평범한 머리를 그리고 또 반쪽은 머릿속에

들어 있는 걸 그리라고 했죠.

제 말이 무슨 뜻인지 아실 거예요."

선생님은 뇌를 그려서는 안 된다고 했지만

우리 옆집에 사는 단테는 뇌를 그리고 말았어.

그래서 처음부터 다시 그려야 했지.

단테가 그린 뇌는 정말 끝내줬어.

핏줄까지 생생하게 살아 있는 게

꼭 진짜 같았다니까.

참, 까먹을 뻔했네.

단테는 언제나 나를 귀염둥이 엘리스라고 불러.

"전 학생들에게 꿈을 그리라고 했어요.

마음에 품은 꿈 말이에요."

킴 선생님이 설명했어.

"반려동물이나 축구 우승컵 같은 거 있잖아요.

그런데 엘리스가 뭘 그렸는지 아세요?

음, 직접 보시는 게 낫겠어요."

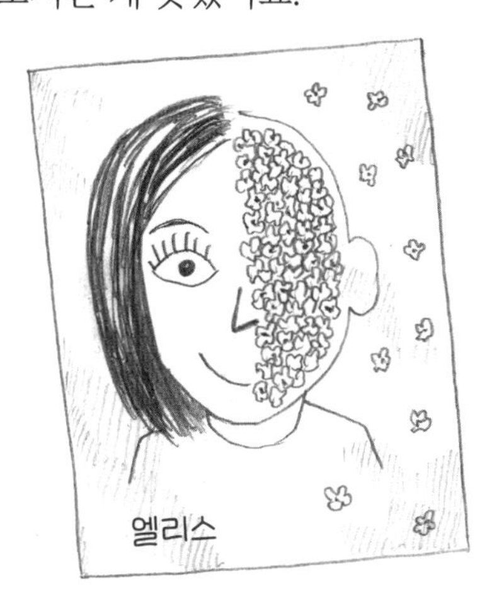

선생님이 내 그림을 보여 줘서 기뻤어.

그림은 단테가 나보다 훨씬 잘 그리지만

내 그림도 꽤 좋았거든.

그림을 보니까 팝콘을 나눠 주고

싶은 기분이 들었어.

난 코트 주머니에서 팝콘을 꺼내서 테이블에 뿌렸어.

그러자 킴 선생님이 내가 뇌를 꺼내서 테이블에

뿌리기라도 한 것 같은 표정을 지었어.

선생님은 팝콘이 싫은가?

아저씨가 재빨리 팝콘을 손으로 쓸어서 모으려고 했어.

하지만 팝콘 알갱이들은 바닥으로 떨어지고 말았지.

그 바람에 팝콘이 교실 바닥을 굴러다니게 되었어.

아빠와 아저씨는 바닥을 무릎으로 기면서

손으로 팝콘을 쓸어 담았어.

그 바람에 아저씨의 뽀얀 엉덩이가 살짝 드러났어.

맙소사! 아마 킴 선생님도 보았을 거야.

다행히 바로 그때 선생님 휴대폰이 울리기 시작했어.

“벌써 시간이 다 되었네요.”

킴 선생님이 자리에서 벌떡 일어났어.

아빠와 아저씨도 허둥지둥 일어났어.

"두 분께 말씀드릴 게 더 있어요."

선생님이 말했어.

"우리는 레인보우초등학교를 건강한 학교로 만들 거예요. 과자, 사탕, 탄산음료가 없는 학교가 되는 거죠. 물론, 팝콘도 금지입니다.

자세한 내용은 모든 부모님께 이메일로 알려 드릴 예정이에요.

하지만 두 분한테는 제가 직접 말씀드리고 싶었어요.

이유는 아실 거라고 생각합니다."

킴 선생님이 도도하게 문으로 걸어가 손잡이를 돌렸어.

"오늘 방문해 주셔서 감사합니다."

아빠가 고개를 끄덕였어.

그러고는 내 등을 밀면서 교실 밖으로 나왔어.

3장

팝콘 천국

거스 아저씨가 바지춤을 추켜올리며 말했어.

"그 선생님 말이야… 내 생각엔 선생님 말씀이 맞는 거 같아. 기어를 좀 바꾸는 게 어때?"

내가 물었어.

"기어가 뭔데? 어떻게 바꾸는 거야?"

내 말은 우리도 좀 건강하게 먹는 게 좋겠단 뜻이야.

아빠도 고개를 끄덕였어.

아저씨 말에 동의한다는 뜻이겠지.

"엘리스, 이제부턴 샐러드를 만드는 거야."

아빠가 날 보며 말했어.

"팝콘 대신에 샐러드를 만드는 거지.

아마 넌 샐러드도 잘 만들 거야."

뭔가 불길한 느낌이 피어오르기 시작했어.

아니나 다를까 아빠는 집에 오자마자 전자레인지를

주방에서 치워 버렸어.

"아빠, 정말로 버릴 거야? 아니지?" 내가 물었어.

아저씨가 휴대폰으로 전자레인지 사진을 찍었어.

"물론 아니지. 중고로 팔 거야.

팔릴 때까지 창고에 둬야겠다."

불길한 느낌이 팝콘처럼 펑 터졌어. 이제 어떡하지?

저녁은 샐러드였어. 난 한 입도 먹지 않았어.

“기분이 별로야.” 내가 중얼거렸어.

“너도 곧 익숙해질 거야, 엘리스.” 아빠가 말했어.

그러고는 양상추를 크게 떠서 입에 넣었어.

아빠와 아저씨가 샐러드를 다 먹었을 때,

내 방으로 가겠다고 말했어.

물론, 말만 그렇게 하고 창고로 갔지.

우리 집 창고는 어둡고 좁아.

거기다가 오래된 물건들까지 잔뜩 쌓여 있어.

하지만 불을 켜자마자

천국에 온 것 같은 기분이 들었어.

짜잔! 불빛을 받아 번쩍거리는 전자레인지가 보였거든.

그 옆에는 팝콘 상자도 쌓여 있었지.

난 재빨리 창고 문을 닫고 플러그를 콘센트에 꽂았어.

기대했던 대로 시작 버튼에 불이 들어왔어.

난 아주 은밀하게 팝콘을 만들었어.

기분이 진짜 끝내줬지.

우리 집 창고를 팝콘 천국으로 만들 거야!

4장

세상에서 가장 큰 옥수수 알갱이

이게 어떻게 된 거지?

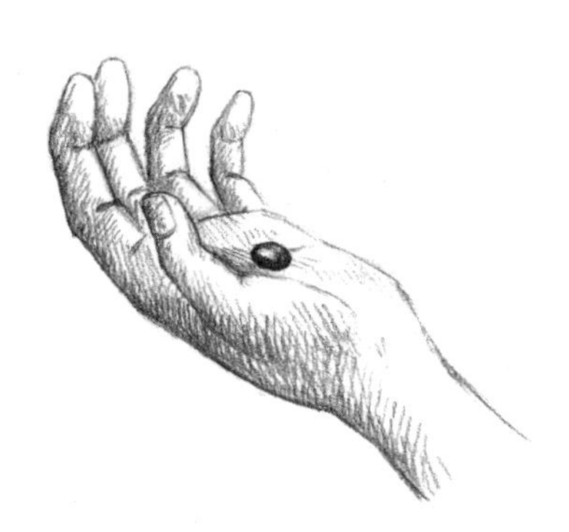

진짜 이상했어.

지금까지 옥수수 알갱이가 안 터지는 걸 한 번도 본 적이 없거든.

팝콘 상자에는 알갱이를 전자레인지에 절대로 두 번 돌리지 말라고 써 있었어.

그렇지만 뭐 어때, 내가 책임지면 되지.

난 알갱이를 다시 넣고 시작 버튼을 눌렀어.

전자레인지가 윙윙거리며 2분쯤 돌아갔어.

옥수수 알갱이가 점점 커졌어.

터지지는 않고 자꾸자꾸 커지기만 했어.

그렇게 큰 옥수수 알갱이는 처음 봤다니까.

어찌나 큰지 노란 레몬이 반짝이는 것 같았어.

그걸 보고 난 굳게 믿었어.

'이제 곧 펑 터질 거야.'

하지만 말도 안 되는 일이 벌어졌어.

옥수수 알갱이에서 조그만 두 다리가 튀어 나온 거야!

그러더니 짧은 팔도 생겼어.

세상에, 이게 뭐지?

이게 말이 돼?

옥수수 알갱이가 작은 사람으로 변한 거야!

난 그 녀석을 노려봤어.

그 녀석도 잔뜩 화가 난 표정으로 나를 노려봤어.

작은 옥수수 인간이 두 주먹을
빙빙 돌리더니 두 걸음쯤 걷다가
벌러덩 뒤로 자빠졌어.

그러더니 딱정벌레처럼
두 팔과 두 다리를 공중에서
버둥거렸지.

그러는 동안에도 전자레인지
회전판은 쉬지 않고 돌았어.
옥수수 인간은 겨우겨우
일어났다가 다시 넘어지고 말았어.

간신히 정신을 차린 옥수수 인간이
전자레인지 문으로 기어 와서는
쾅쾅 문을 두드렸어.

난 몇 초쯤 기다렸다가 문을 열어 주었어.

전자레인지가 바로 멈췄어.

옥수수 탄 냄새가 확 풍겼지.

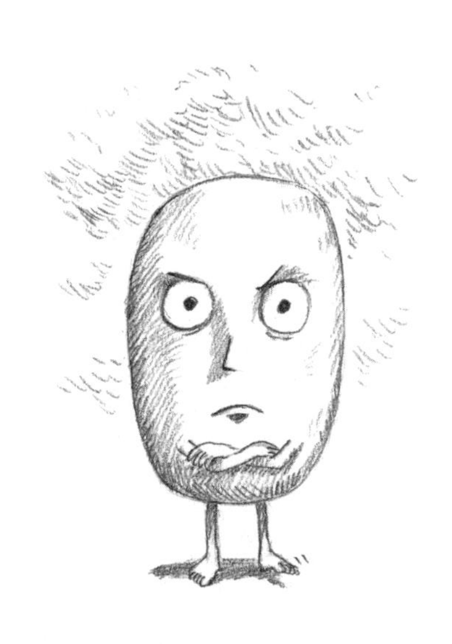

문을 열고서 보니 옥수수 인간이 훨씬 커 보였어.

화도 더 많이 난 것 같았고.

옥수수 인간은 신선한 공기를 몇 번 들이켜더니

사나운 눈으로 날 째려봤어.

그러고는 팔짱을 착 끼며 외쳤어.

"꼬맹이!"

옥수수 인간이 말했어.

"넌 도대체 무슨 생각을 한 거야?

'조금만 더 돌려 줄까? 그러면 쟤가 틀림없이 좋아할

거야.'"

5장

내 이름은 팝콘 밥

“내 소개를 할게.”

옥수수 인간이 말했어.

“난 밥이야. 팝콘 밥.

나 지금 진짜진짜 배고파.”

이게 무슨 일인지 도무지 이해되지 않았어.

“너 진짜야?” 내가 말했어.

“진짜라니?” 밥이 물었지.

“절대로 진짜일 리가 없잖아.” 내가 대답했어.

그래, 상상 친구겠지.

옥수수 인간이 진짜 있을 리가 없잖아.

참 나, 내 상상 친구가 옥수수 인간이라니….

“뭘 빤히 보는 거야?” 옥수수 인간이 물었어.

난 눈을 질끈 감고 머리를 흔들었어.

다시 눈을 뜨면 모든 게 정상으로 돌아와서

옥수수 인간이 보이지 않을 거라고 생각했어.

하지만 다시 눈을 떴을 때, 여전히 밥이 거기 있지 뭐야.

맙소사!

밥이 손가락으로 머리를 톡톡 치면서 말했어.

난 의자에 털썩 앉아 다시 눈을 감았어.

그러고는 이 쪼그만 녀석이 사라지기를 기다렸지.

그런데 무언가 날 간지럽혔어.

마치 생쥐가 내 다리부터 어깨까지 슬금슬금

기어오르는 것 같았어.

온몸에 소름이 쫙 돋았어.

나야, 밥. 내 말 듣고 있는 거야?
나 배고프다니까?

난 밥을 어깨에서 떼어 냈어.

"밥!" 내가 말했어.

"잘 들어."

밥이 홱 돌아서며 말했어.

"말해 봐."

"난 팝콘이 좋아."

내가 말했어.

밥이 고개를 끄덕이며 말했어.

"물론 그렇겠지. 근데 나한테도 좀 줄래?"

얘가 지금 무슨 말을 하는 거지?

자기가 팝콘이잖아.

지금 팝콘이 팝콘을 먹겠다고 한 거야?

"조용히 해." 내가 말했어.

"내가 좋아하는 건 보통 팝콘이야.

말 같은 건 하지 않는 팝콘이라고.

절대 배고프지 않는 팝콘! 알아들었니?"

"와!" 밥이 투덜거렸어. "너 정말 예의 없다."

"난 상상 친구 필요 없어." 내가 소리쳤어.

"난 지난주에 아홉 살이 됐어.

상상 친구를 갖기엔 나이가 너무 많다고!"

밥이 내 손 위에서 부르르 떨었어.

몸속에 건전지가 들어 있는 줄 알았다니까.

밥은 엄청나게 화난 표정을 지었어.

그러더니 갑자기….

펑!

폭발했어!

밥이 엄청나게 크고 하얀

슈퍼 팝콘으로 변했어.

슈퍼 팝콘은 풀쩍

뛰어오르더니 창고 안을

날아다니면서 으르렁거렸어.

아주 큰 소리로.

밥은 전등을 들이받고

튕겨 나와서 창문에

부닥쳤어.

그러고는 바닥으로 떨어졌어.

밥은 고장 난 장난감처럼

뱅글뱅글 돌았어.

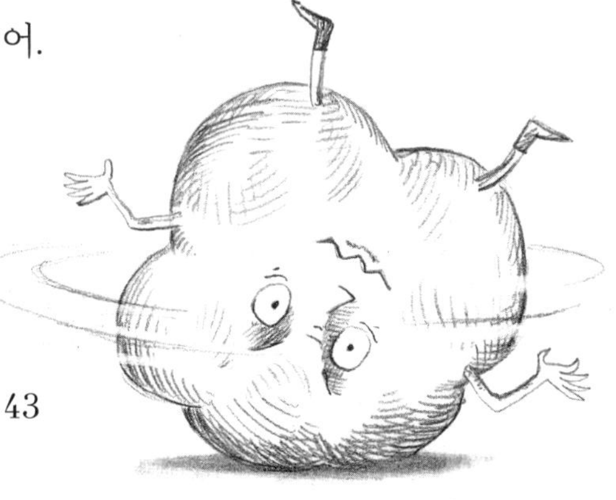

마침내 밥이 팝콘으로 변한 거야.

그것도 엄청나게 큰 슈퍼 팝콘으로!

눈, 코, 입이 있고, 팔다리가 달렸지만 아무튼 팝콘은 팝콘이잖아. 그리고 난 팝콘을 정말 좋아하고.

한 입 크게 베어서 먹으면 이 모든 엉망진창이 끝나겠지? 난 밥을 주워 들고는 입을 크게 벌렸어.

밥이 나를 노려봤어. 정말 화난 얼굴이었지.

밥이 주먹을 휘두르며 말했어.

날 먹겠다고?
꿈도 꾸지 마!
아무도 날 먹지 못해. 왜?
난 밥이니까.

그러더니 갑자기 밥이 내 손가락을 깨물었어.

"아야!" 내가 소리쳤어.

"난 널 먹을 수 없지만, 넌 날 먹을 수 있단 거야?"

그때 바깥에서 소리가 났어.

누군가 자갈을 밟는 소리였어.

6장

진짜일까, 상상일까?

발소리가 점점 가까워졌어.

난 잽싸게 밥을 스웨터 주머니 속으로 던져 넣었어.

다행히 밥이 주머니로 쏙 들어갔어.

난 잠이 든 척했어.

그러자마자 창고 문이 열렸어.

"엘리스?" 아빠가 물었어.

"너 여기 있었구나?"

아빠가 코를 앞으로 내밀고는

킁킁거리며 냄새를 맡았어.

"엘리스, 믿을 수가 없구나."

아빠가 말했어.

어쩌지? 아빠가 내가 팝콘 만든 걸 알아챈 거야.

아, 이걸로 내 팝콘 천국도 끝이 나겠구나.

전자레인지를 들여다보았더니

팝콘 봉지가 살짝 보였어.

아빠도 봤겠지?

아직도 전자레인지에서 팝콘 냄새가 나.
팝콘을 튀기지도 않았는데 말이야.

난 놀라서 아빠를 바라봤어.

아빠는 정말 내가 무슨 짓을 했는지 모르는 걸까?

“그래서 여기 앉아 있었던 거야.” 내가 얼른 둘러댔어.

“난 이제 팝콘을 먹으면 안 되잖아.

하지만 여기 있으면 냄새는 맡을 수 있으니까.”

난 슬픈 강아지 눈을 하고 아빠를 바라봤어.

세상에, 엘리스. 팝콘을 못 먹게 되어서
여기서 소리를 지른 거구나?
내가 소리를 질렀어?

아빠가 고개를 끄덕였어.

“집에서도 다 들렸는걸.”

등에서 식은땀이 흘렀어.

소리를 지른 건 내가 아니라 밥이었어.

근데 그 소리를 아빠도 들었단 거잖아.

그렇다면 밥이 상상 친구가 아니란 건데….

밥이 진짜라고?

더 생각할 필요도 없었어.

밥이 옆구리를 꼬집었거든.

"아야." 진짜 아팠어.

아빠는 눈치채지 못했어.

“아빠랑 같이 집으로 갈래?” 아빠가 물었어.

“집에 가서 건강하고 맛있는 디저트를 먹자.”

“금방 따라갈게.” 내가 대답했어.

아빠가 가자마자 주머니에서 밥을 끄집어냈어.

밥은 노란 옥수수 알갱이로 돌아와 있었어.

“알았어, 알았다고.” 내가 밥에게 말했어.

“하지만 아빠와 아저씨가 널 보면 안 돼.

내가 몰래 팝콘 만든 걸 들키면 안 되거든.

그러니까 얌전히 있어. 꼬집지도 말고!”

난 밥을 다시 주머니에 넣고 집으로 갔어.

7장

환상적인 케이크

아빠가 포크 세 개를 테이블 위에 올려놓았어.

거스 아저씨는 날 걱정스럽게 바라봤지.

난 어깨를 으쓱했어. 믿기 어렵겠지만

지금 내 주머니에는 살아 있는 팝콘이 들어 있어.

팔다리가 달린 배고픈 팝콘.

화가 나면 폭발해 버리는 팝콘.

"응, 괜찮은 거 같아." 내가 말했어.

아빠가 케이크 같은 걸 들고 자랑스럽게 말했어.

"초콜릿은 넣었지만, 설탕은 전혀 안 들어갔어."

아빠는 케이크를

세 조각으로 잘랐어.

"브로콜리도 넣었어.

하지만 조리법을 잘

따랐으니까 브로콜리 맛은

안 날 거야."

왝, 브로콜리라니! 난 거짓말을 했어.

"아빠, 나 조금 아픈 거 같아. 그러니까 조금만 줘."

그때 주머니 속에서 밥이 꼼지락거렸어.

'이건 네가 다 먹어.' 내가 속으로 말했어.

밥이 먹으면, 난 브로콜리가 들어간 케이크 안 먹어도

되니까.

케이크를 조금 잘라서 주머니 속으로 떨어뜨렸어.

아빠와 아저씨는 못 봤어.

둘이 고무 오리 얘기를 하는 중이었거든.

아빠와 거스 아저씨는 고무 오리 만드는 일을 해.

오리 왕은 어떨 거 같아?
좋아. 오리 여왕도 만들어야지!
오리 공주 세 마리도 필요할 거야.

아빠는 당장 디자인을 시작했어.

난 주머니에 케이크를 더 넣어 주었어.

의외로 꽤 재미있었어.

그런데 갑자기 아빠와 아저씨가 나를 보지 뭐야.

그래서 재빨리 케이크를 한 입 먹었어.

오, 세상에. 차가운 브로콜리 맛이 났어.

그래도 엄지를 치켜올리며 말했지.

"음, 맛있어."

아빠가 환하게 웃었어.

"우린 네가 케이크를 먹는 척하면서 주머니에

버리는 줄 알았어."

내가 대답했지.

"무슨 소리야. 내가 왜?"

그때 내 등에서 뭔가 움직였어.

엄청 간지러웠어.

맞아, 밥이야!

난 밥을 아래쪽으로 밀어 내리려고 했어.

그러느라 팔을 이상한 자세로 구부릴 수밖에 없었지.

“엘리스, 왜 그러니?” 아빠가 물었어.

“아무것도 아냐.” 내가 대답했어.

“그냥 좀 가려워서.”

난 밥을 붙잡으려고 했어.

하지만 요리조리 잘도 도망쳐서

목을 타고 기어올라서는

내 머리카락 속으로 쏙 들어갔어.

이 녀석 지금 뭘 하려는 거지?

바로 그때 밥이 트림했어.

꺼억!

“왝!” 내가 벌떡 일어서며 소리쳤어.

아빠와 아저씨가 놀라서 나를 바라봤어.

화성에서 온 외계인을 만난 것 같은

표정이었어.

"엘리스, 괜찮아?" 아빠가 물었어.

난 밥을 머리카락 속으로 밀어 넣었어.

아빠랑 아저씨가 봤으면 어떡해!

"배가 좀 아파." 내가 말했어.

"침대에 눕는 게 좋을 거 같아.

이 맛있는 케이크 한 조각은 가져갈게.

나중에 배고플지도 모르니까.

안녕. 굿 나잇!"

난 두 사람에게

손을 흔들고는

서둘러 거실에서 빠져나왔어.

8장

그래서 뭐? 너도 살아 있잖아!

내 방으로 올라오자마자 끔찍한 케이크를

책상 위에 놓았어.

그러고는 밥을 머리카락에서 떼어 냈어.

밥이 반짝이는 작은 눈으로 나를 쳐다봤어.

“너 되게 행복해 보인다?” 내가 말했어.

“아빠는 분명 내가 이상하다고 생각했을 거야.

주머니 속에 얌전히 있어야지 뭐하는 거야?”

“배가 너무 고픈 걸 어떡해.” 밥이 말했어.

“그 케이크 진짜 맛있던데, 더 없어?”

두리번거리던 밥이 케이크를 발견하고는

책상 위로 풀쩍 뛰어올랐어.

밥은 케이크를 몽땅 먹어 치우고 접시까지 핥았어.

그런 다음 내 침대 위로 올라갔어.

잠시 밥을 가만히 내려다보았어.

"너 도대체 누구니?" 내가 물었어.

"귀가 잘 안 들리는 모양이구나.

난 밥이야. 팝콘 밥. 이미 말했을 텐데…"

"그래, 네 이름은 알아." 내가 말했어.

"그렇지만 넌 살아 있잖아!"

"그게 뭐 어때서? 너도 살아 있잖아!"

"난 사람이라고." 내가 말했어.

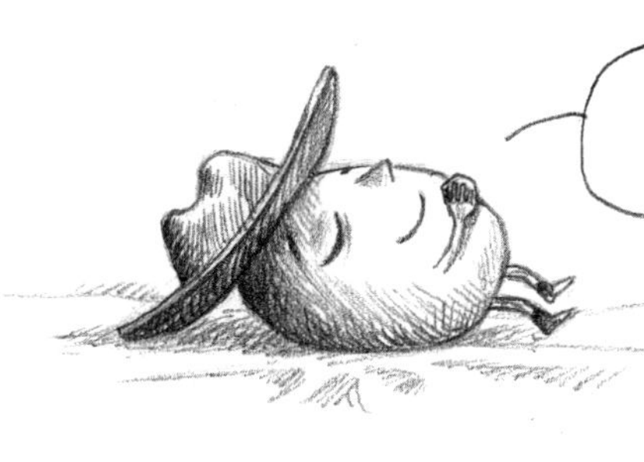

그만 좀 징징거려.
난 먹은 거 소화나 해야겠다.

밥과 입씨름하고 있을 때가 아니었어.

당장 해결할 중요한 문제가 남아 있었어.

전자레인지 말이야.

아빠와 아저씨가 팔아 버리게 둘 순 없었어.

그랬다간 평생 건강한 음식만 먹게 될 테니까.

거스 아저씨가 생일 선물로 준 오래된 노트북을 켰어.

밥 옆에 엎드려서 검색을 시작했지.

아빠가 중고 판매 웹사이트에 올린 전자레인지를

어렵게 찾았어.

내가 아주 비싸게 사겠다고 글을 올렸어.

물론 가짜 이름을 썼지. 이렇게 말이야.

55만 원에 살게요. 연락 주세요. - 애슐리

아무도 이것보다 비싸게 사려고 하진 않겠지?

아빠 전자레인지는 절대로 안 팔릴 거야.

좀 더 검색해서 다른 웹사이트를 찾았어.

글로벌 팝콘 주식회사의 공장 웹사이트였어.

우리가 늘 사던 팝콘을 만드는 회사야.

웹사이트를 샅샅이 뒤졌는데,

살아 있는 옥수수 알갱이 이야기는 한 줄도 안 나왔어.

난 손톱을 깨물었어. 밥을 어떻게 하면 좋을까?

내가 밥을 처리할 방법을 어떻게 알겠어?

난 이제 겨우 아홉 살이라고!

웹사이트에 올리지는 않았지만, 팝콘 공장에서는 뭔가

아는 게 있을 거야.

난 공장으로 이메일을 보냈어.

보낸 사람: 엘리스

받는 사람: 글로벌 팝콘 주식회사

(Global_Popcorn@pmail.com)

제목: 이상한 팝콘

2024년 7월 2일(화) 오후 8:13

안녕하세요.

난 언제나 이 회사 팝콘만 먹어요.

그런데 오늘 옥수수 알갱이 하나가 살아났어요.

자기 이름이 밥이래요.

밥은 화를 아주 잘 내요. 그리고 항상 배가 고파요.

이런 일이 자주 일어나나요?

밥을 어떻게 해야 하는지 알려 주세요.

안녕히 계세요.

엘리스

이상한 소리가 나서

한밤중에 잠이 깼어.

수도꼭지에서 물 떨어지는

소린가?

그건 아닌 거 같았어.

바닥을 가로질러 달리는 작은 발소리였어.

난 눈을 크게 떴어.

어두운 내 방으로 가느다란 빛줄기가 새어 들고 있었어.

방문이 살짝 열려 있었던 거지.

“밥, 어디 있니?” 내가 속삭였어.

하지만 대답이 없었어.

밥은 내 방에 없었어.

복도에도 없었어.

집 안이 이상하리만큼

조용했어.

아빠와 아저씨도 이미 잠이 들었나 봐.

밤은 나와 화장실을 살펴봤어.

밥은 거기에 없었어.

아래층으로 내려가서 밥을 찾아다녔어.

거실에도 밥은 없었어.

아래층 화장실에서도 밥을 찾지 못했어.

주방에도 없었어.

그때 비명이 들렸어.

9장

난 생쥐가 아니야!

거스 아저씨였어!

난 부리나케 위층으로 올라갔어.

아빠는 똑바로 누워서 깊이 잠들어 있었어.

거스 아저씨는 몸을 잔뜩 웅크린 채 베개를 꼭 끌어안고 있었지.

아저씨가 떨리는 손가락으로 침대 끝을 가리켰어.

커다란 엄지발가락 옆에 밥이 서 있었어.

“생쥐인 거 같아.” 거스 아저씨가 속삭였어.

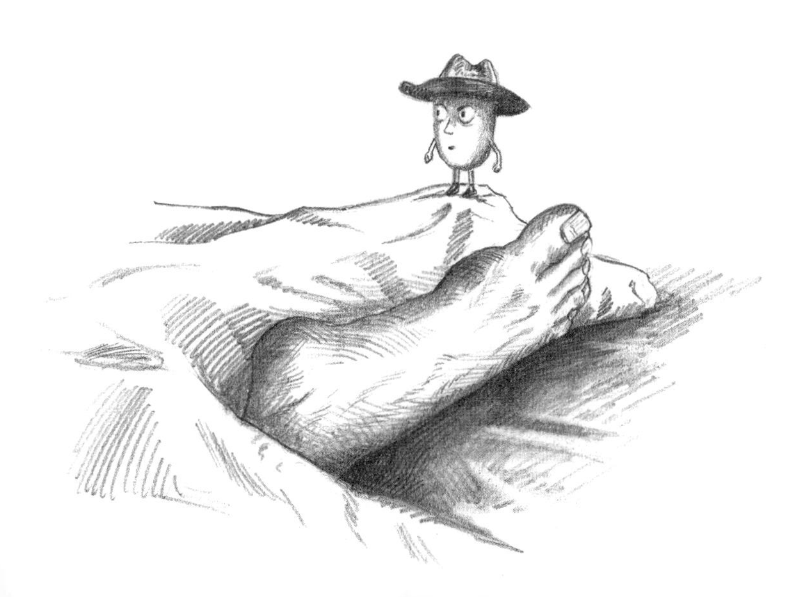

나는 밥을 잽싸게 낚아채서 두 손 안에 숨겼어.

다행히 아저씨는 안경을 쓰고 있지 않았어.

“조심해. 그 녀석이 물지도 몰라!” 아저씨가 말했어.

밥이 손에서 빠져나오려고 힘을 썼어.

조심하지 않았으면 밥이 진짜 날 깨물었을 거야!

내가 아저씨에게 속삭이듯 말했어.

“아주 작은 생쥐야. 다시 자.”

아저씨는 다시 편안하게 누웠어.

내가 진짜 고마웠나 봐.

“엘리스, 너 정말 용감하다.

그럼 난 잘게. 안녕.”

나는 재빨리 문을 닫고 나왔어.

방으로 돌아와서 밥을 침대에 던졌어.

"생쥐라니!" 밥이 말했어.

너무 화가 나서 못 참겠단 말투였어.

"나한테 꼬리가 달렸어?"

난 고개를 가로저었어.

밥이 몸을 떨기 시작했어.

"나한테 작고 이상한 귀가 달렸니?"

밥이 온몸을 부르르 떨며 소리쳤어.

"그럼, 수염은? 나한테 수염이 있냐고?"

난 다시 고개를 세차게 가로저었어.

이건 나를 모욕하는 거야!
난 생쥐가 아니야! 절대 아니라고!

밥이 또 폭발했어.

내가 재빨리 밥을 담요로 덮지 않았으면

정말 큰일이 났을 거야.

밑에서 큰 싸움이 난 것처럼 담요가 들썩였어.

“아저씨가 안경을 안 써서 널 제대로 못 봤으니

망정이지.” 내가 말했어.

“안 그랬으면 아저씨가 네 정체를 알았을 거야!

근데 너 지금 거기서 뭐 하니?”

밥이 갑자기 조용해졌어.

담요도 움직이지 않았어.

밥이 머리를 내밀며 말했어.

밥을 주방으로 데려갔어.

밥은 땅콩버터 샌드위치를 두 개나 먹었어.

거기다가 사과 세 개, 바나나 네 개 그리고 콜라 맛 사탕 열네 개를 더 먹었어.

(난 그런 게 집에 있는 줄도 몰랐어!)

내가 밥을 째려보며 말했지.

"너 꼭 그림책에 나오는 배고픈 애벌레 같아."

밥이 화난 얼굴로 날 노려봤어.

날 모욕하지 말라니까!
난 생쥐가 아니야!
그리고 분명히 말하는데, 난 애벌레도 아니라고!

10장

팝콘 밥 학교에 가다

밥 때문에 깬 뒤로 밤새 한숨도 못 잤어.

잠을 못 잔 건 밥도 마찬가지야.

잔뜩 먹은 걸 소화하느라 그랬겠지.

그래도 아침에 일어나서 학교에 가야 했어.

아직 금요일이니까.

그런데 밥을 집에 혼자 둘 순 없잖아. 어쩌지?

아빠와 아저씨는 다락에서 일하고 있었어.

거기가 오리를 만드는 작업실이거든.

그래서 더욱 밥을 집에 둘 수 없었어.

나는 일찍 집을 나섰어.

밥은 코트 주머니에 넣었어.

학교에서 밥을 어떻게 할지 떠오르지 않았어.

어떻게 해야 안 들킬까?

단테와 단테 동생 루이였어.

"밥, 조용히 있어." 내가 속삭였어.

밥이 주머니 안에서 꼼지락거렸어.

내가 고개를 저으며 말했어.

“없어. 아빠가 이제부터 팝콘을 먹으면 안 된대.”

“너무하네.” 단테가 말했어.

난 어깨를 으쓱했지.

“안 그래도 너한테 줄 팝콘은 없어.

너 방금 나보고 귀염둥이 엘리스라고 했잖아!”

단테가 웃었어. 난 혀를 쏙 내밀었지.

내가 루이 머리를

쓰다듬어 주며 말했어.

“줘야지. 근데

호랑이도 팝콘을 먹는

줄은 몰랐네.”

단테는 루이를 유치원 교실에 데려다주러 갔어.

난 코트를 걸고 밥을 꺼냈어.

그러고는 밥을 똑바로 보며 속삭였지.

“널 스웨터 주머니에 넣어 둘 거야.”

교실에서는 아무 소리도 내면 안 돼.
생쥐처럼 조용히 있어야 해. 알았니?

밥이 으르렁거렸지.

좀 불안했지만 어쩌겠어. 데려가야지….

"여러분한테 아주 중요한 이야기를 할 거예요.

그러니까 모두 조용히 해 주세요."

킴 선생님은 말을 하자마자 손가락으로 입술을 눌렀어.

웅성거리던 목소리가 점점 작아지다가 뚝 그쳤지.

하지만 내 귀에는 작은 목소리가 들려왔어.

아주 가까운 곳에서 나는 소리였어.

밥이 말한 거였어.

우리 반 애들이 모두 나를 바라봤어.

나는 얼른 주머니에 손을 넣었어.

밥을 꼬집고 싶었어.

입 좀 다물라고 경고를 보내고 싶었지만 그러지 못했어.

그랬다가 밥이 내 손가락을 깨물면 어떡해.

꼬집는 대신에 배를 살살 쓰다듬었어.

햄스터를 기른 적이 있는데, 이름이 샐리였어.

내가 배를 쓰다듬어 주면 금방 곯아떨어졌지.

이 방법이 밥한테도 통해야 하는데….

11장

팝콘이 불량 식품이라니

밥이 주머니 안에서 꼼지락꼼지락 움직이기 시작했어.

그러더니 밥이 낄낄거리는 소리가 들렸어.

"히히히!"

이걸 어떡해.

밥을 쓰다듬던 손을 뚝 멈췄어.

하지만 낄낄거리는 소리는 멈추지 않았어.

밥한테만 들리게 속삭였어.

"쉿, 웃지 마."

그러자 제니가 나를 가리켰어.

킴 선생님이 손가락으로 입술을 더 세게 눌렀어.

다행히 밥도 조용해졌어.

선생님이 우리에게 말했어.

“우리 학교는 건강한 학교가 되기로 했어요.”

난 눈동자를 굴리며 생각했어.

이건 지난번에 들었던 얘기였어.

“우리 모두 튼튼하고 멋진 모습이 될 거랍니다.

부모님들께 자세한 설명을 이메일로 보냈어요.

건강한 학교 계획은 다음 주부터 시작이에요.

그러니까 과자와 사탕을 학교에 가져오지 마세요.

건강한 간식만 가져올 수 있어요.”

선생님은 날 똑바로 바라보며

이렇게 말했어.

조시가 손을 들었어.

“생일에도 안 되나요?”

“안 돼요.”

“그럼 쉬는 시간에 뭘 먹어요?” 안네가 물었어.

“신선한 과일과 채소를 가져오세요.”

선생님, 팝콘은 옥수수예요.

정말 건강한 음식입니다!

선생님이 눈살을 찌푸렸어.

“팝콘은 형편없는 음식이에요.

공기를 먹는 거나 다름없죠. 아, 소금과 설탕은 좀

먹겠네요. 게다가 교실까지 어지럽히죠.”

밥이 화났다는 게 느껴졌어.

교실 바닥에는 팝콘 몇 알이 굴러다니고 있었어.

킴 선생님이 발로 팝콘을 툭 차면서 말했어.

“엘리스, 이것 좀 보렴. 팝콘은 그냥 쓰레기야.”

밥이 주머니 안에서 폭발했어.

"뭐라고?" 밥이 소리쳤어.

이걸 어쩌지? 내가 소리친 척할 수밖에 없었어.

"어떡해!" 나도 소리를 질렀지.

그러고는 벌떡 일어났어.

그 바람에 의자가 넘어졌어.

"어떡해…. 무슨 말이냐면, 저 화장실에 가야 해요!"

난 뛰다시피 교실에서 나왔어.

으, 밥 때문에 정말 못 살겠어.

12장

슈퍼 팝콘

화장실에 들어와 문을 잠그자마자

밥이 주머니에서 빠져나왔어.

커다랗고 하얀 슈퍼 팝콘으로 변해 있었지.

저절로 한숨이 나왔어.

"널 어떻게 해야 할지 모르겠다."

밥은 분노로 몸을 부들부들

떨고 있었어.

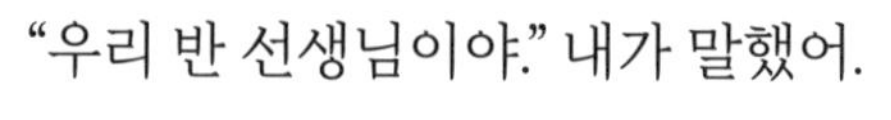

“우리 반 선생님이야.” 내가 말했어.

밥은 풀쩍풀쩍 뛰었어.

“나도 그렇게 생각해.

하지만 밥, 지금은 진정해야 해!

자꾸 시끄럽게 굴면 네 정체를

들키고 말 거야.”

밥이 잔뜩 화가 나서 말했어.

“팝콘은 쓰레기가 아니야.”

내가 대답했어.

“당연히 아니지. 팝콘은 세상에서 가장

완벽한 음식이야.”

밥이 갑자기 조용해지더니 나를 바라봤어.

“정말 그렇게 생각해?”

"정말이지.

근데 선생님이 네 정체를 알면 절대 안 돼.

선생님한테 들키면

아빠가 내가 팝콘 만든 것도 알게 될 텐데,

난 팝콘을 만들면 안 되잖아?

아마 아빠는 전자레인지를 당장 치워 버릴 거야.

그런 일은 절대로 생기면 안 돼!

난 날마다 팝콘을 먹어야 해.

그래야 행복하거든."

밥이 고개를 끄덕였어.

정말 내 말을 이해한 걸까?

밥은 노란 옥수수 알갱이로 다시 돌아왔어.

난 밥을 주머니에 넣었어.

그리고 생강 과자를 한 조각 넣어 주었지.

밥은 오전 내내 얌전히 있었어.

하지만 쉬는 시간이 되자 다시 말썽을 부렸어.

에릭 가방에서 케이크 한 조각을 훔쳤고,

받아쓰기 시간에는 엉뚱한 소리를 내서 훼방을 놨어.

그것 때문에 누가 혼났을 거 같아?

바로 나지 뭐.

13장

읽기 연습

킴 선생님이 나더러 읽기 연습을 하라고 했어.

혼자 복도에 나가서 하라지 뭐야.

억울해. 난 진짜 잘 읽는데….

솔직히 빨리 읽는 건 좀 자신이 없는데

선생님은 빨리 읽는 걸 좋아해.

3분 동안 되도록 많은 낱말을 읽는 게 목표였어.

선생님이 준 종이를 보며 읽기 시작했지.

"이튿날."

"뒤꿈치."

"펄쩍펄쩍."

박물관
살펴보다
술래잡기
어… 얼… 얼떨떨하다

목소리가 점점 갈라져서 읽는 게 힘들었어.

난 밥을 주머니에서 꺼냈어.

밥이 날 응원해 주길 바랐지.

하지만 밥은 눈을 똥그랗게 뜨고 날 바라봤어.

"이튿날, 박물관, 얼떨떨하다….

아유, 재미없어!"

"읽기 연습하는 중이야." 내가 설명했어.

"나 배고파." 밥이 말했어.

한숨이 나왔어.

"내 간식은 네가 다 먹었잖아.

남의 걸 훔칠 수도 없고…"

"사과도 훔치면 안 돼?"

"안 돼."

"포도는?"

"안 되지."

"포도 한 알만 훔치는 것도 안 돼?"

밥이 몸을 떨기 시작했어.

어쩌지? 바로 그때 미케 선생님이 나타났어.

미케 선생님은 우리 학교 교장선생님이야.

아주 친절한 분이지.

교장선생님은 늘 색깔이 요란한 운동화를 신어.

오늘은 초록색 운동화를 신었어.

햇빛에 빛나는 풀 같은 초록색이야.

교장선생님은 껑충껑충 뛰어서 나에게 다가왔어.

밥이 금방 터져 버릴 것 같은데,

하필 이럴 때 오실 게 뭐람.

때마침 밥이 폭발했어.

커다랗고 하얀 슈퍼 팝콘으로 말이야.

밥은 공중으로 펄쩍 날아올라서

미케 선생님 얼굴에

딱 부딪쳤어.

"야, 이 바보야!" 내가 소리쳤어.

그러고는 바로 얼어붙었어. 어쩌지?

교장선생님은 내가 자기더러 바보라고 한 줄 알 텐데….

교장선생님이 손으로 눈을 문지르며 물었어.

방금 그거 뭐였어?
종이를 구겨서 던진 거니?
교장선생님,
죄송해요.

난 고개를 천천히 끄덕였어.

14장

밥, 어디 있니?

난 복도에서 기다렸어.

교실에서 교장선생님이 킴 선생님과

이야기하고 있었거든.

벌을 받게 될까 봐 조마조마했어.

엘리스, 나랑 같이 가자.
난 8학년을 가르치러 갈 거야.
그동안 교장실에서 공부하고 있으렴.

나쁘진 않았어.

교장실에선 밥을 걱정할 필요가

없었으니까. 밥이 소리 높여

투덜거려도 나 말고는 아무도 듣지 못할 거야.

난 수학 공부를 했어.

가끔 밥이 주머니에 있다는 사실도 잊어버렸지.

그러다가 잠깐 고개를 들었는데, 이걸 어째?

밥이 어느새 주머니를 빠져나가서는

교장선생님 책상에 앉아서 초콜릿 바를 먹고 있었어.

하필이면 그때 교장선생님이 바인더를 한 무더기 들고

들어왔어. 심장이 쿵덕쿵덕 미친듯이 뛰었어.

다행히 교장선생님이 바인더를 책상 위에 내려놓는 틈에

밥이 재빨리 도망쳤어.

교장선생님은 날 따뜻한 눈길로 바라왔어.

"엘리스, 방금 킴 선생님한테 들었는데,

에릭 부모님이 간식을 잔뜩 가지고 오셨대."

그건 사실이었어.

얼마 전에 에릭한테 여동생이 생겼거든.

그걸 축하하려고 에릭 부모님이 간식을 가져오신 거야.

“여기서 공부 열심히 했구나.” 교장선생님이 말했어.

이제 교실로 돌아가도 돼.

밥은 어떡하지? 도대체 어디 있는 거지?

사방을 둘러봐도 밥이 보이지 않았어.

난 아주아주 천천히 책과 공책을 챙겼어.

“서둘러, 엘리스.” 교장선생님이 말했어.

그러다가 친구들이
간식 다 먹어 버리겠다.

난 발을 질질 끌면서 천천히 문으로 다가갔어.

그러면서 교장실 구석구석까지 샅샅이 살폈어.

그래도 밥을 찾지 못했어. 긴장해서 땀이 줄줄 흘렀지.

“나가면서 문 좀 닫아 줘.”

교장선생님이 고개를 숙인 채 말했어.

교장선생님 말대로 문을 닫으려고 할 때였어.

무언가가 나를 지나쳐서 복도로 씽 달려 나갔어.

밥이었어!

밥은 내가 나올 때까지 기다리지 않았어.

혼자서 부리나케 교실로 달려갔어.

코트 걸개 옆 책장 위에 에릭네 간식이 놓여 있었어.

설탕이 잔뜩 들어간 과자가 커다란 접시 한가득 쌓여

있었고, 그 위에 핑크빛 사탕 조각까지 뿌려져 있었어.

킴 선생님이 이런 간식을 좋아할까?

궁금했지만 더 생각할 겨를이 없었어.

밥이 벌써 책장 위로 올라갔거든.

내가 말리려고 다가가자

밥이 미친 듯이 과자를 씹어 먹기 시작했어.

그 뒤로는 정말 최악이었어.

애들은 내가 과자를 다 먹어 치웠다고 생각했어.

에릭은 날 보려고도 하지 않았고,

심지어 단테도 날 모른 척했지.

그런 데다가 교장선생님까지 교실로 찾아왔어.

교장선생님은 곧장 나에게 걸어오며 물었어.

"엘리스, 솔직히 말해 주겠니?"

교장선생님이 빈 포장지를 공중에서 흔들면서 말했어.

난 아니라고 고개를 흔들었어.

그러자 교장선생님이 교실을 빙 둘러보며 물었어.

“그렇다면 누가 훔친 거니?”

교장선생님은 심지어 킴 선생님까지 노려봤어.

킴 선생님 얼굴이 백지장처럼 하얗게 변했지.

킴 선생님이 교장선생님에게 물었어.

“그런데 교장실에 왜 초콜릿 바가 있는 거죠?”

교장선생님이 쩔쩔매며 대답했어.

“어… 그게 말이죠….

비상식량으로 쓰려던 거였어요.”

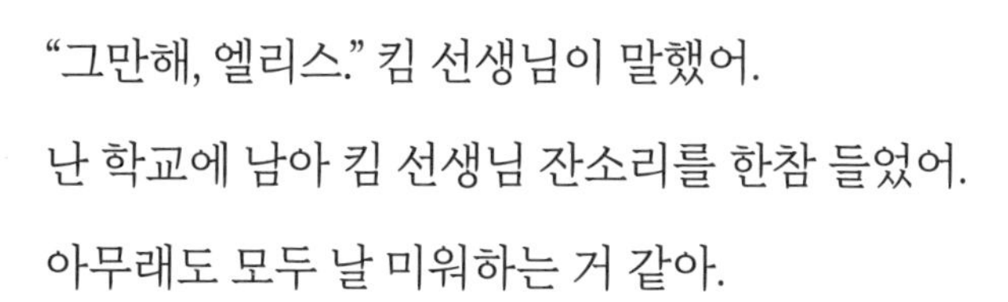

선생님, 건강한 학교 같은 거
안 하면 안 되나요?

“그만해, 엘리스.” 킴 선생님이 말했어.

난 학교에 남아 킴 선생님 잔소리를 한참 들었어.

아무래도 모두 날 미워하는 거 같아.

15장

엘리스, 겅중겅중 뛰지 마!

난 학교에서 집까지 내내 달렸어.

달에 착륙한 우주인들처럼 겅중겅중 뛰었어.

빈봉지를 들고 찾아왔던 교장선생님이 자꾸 생각났어.

교장선생님이 나를 이상한 애라고 생각하지 않을까?

친구들은 또 어쩌지?

도무지 뾰족한 수가 떠오르지 않아서

그냥 무작정 달렸어.

"엘리스, 경중경중 뛰지 마!"

밥이 주머니 안에서 소리쳤지만 무시했어.

내 머릿속에는 한 가지 생각밖에 없었거든.

금방 만든 따뜻하고 바삭바삭한 팝콘.

나 혼자서 몽땅 먹어 버릴 거야.

띵동.

띵동.

띵동!!!

난 우편함을 열고 소리쳤어.

"하하하하! 엘리스 누나가 문이랑 뽀뽀한다!"

뒤를 돌아보았더니

옆집 꼬마 루이가 숨넘어갈 듯 웃고 있었어.

내가 말했어.

"집에 아무도 없는 것 같아."

오, 루이…. 얘까지 왜 이러지?

루이한테 뭐라고 대꾸해야 하나 고민하던 참에

문이 열렸어.

"엘리스, 이제 왔구나." 아빠가 말했어.

아빠는 말끔하게 차려입고 있었어.

"빨리 들어와."

난 가방을 바닥으로 휙 던졌어.

"시끄럽게 굴면 안 돼. 지금 위층에 손님이 와 계시거든.

나랑 같이 올라가서 인사할래?"

인사한 다음에는
네 방에서 조용히 놀면 좋겠어,
괜찮지?

아빠는 아직도 날 네 살짜리처럼 다뤄.

내가 루이도 아닌데 말이야.

"걱정하지 마." 내가 말했어.

몰래 창고에 갈 완벽한 기회인데 왜 싫어하겠어.

위층에 와 있는 손님은 둘이었어.

한 명은 여자, 한 명은 남자.

아빠와 아저씨는 무척 긴장한 듯했어.

바닥에는 크기와 모양이 제각각인 고무 오리가

100마리쯤 놓여 있었어.

이럴 때 가만히 있으면 밥이 아니지.

밥은 주머니를 빠져나와서 자기가 좋아하는 걸 했어.

내 등을 기어오르는 거 말이야.

진짜 간지러웠어.

어쩔 수 없이 여자 손님과 악수하다가 웃음을 터뜨렸어.

그분은 친절하게 모른척 해 주었어.

난 너무너무 간지러워서 웃음을 멈출 수 없었어.

“이 아이는 엘리스예요.”

거스 아저씨가 애써 침착한 목소리로 말했어.

“우린 한동안 일 이야기를 할 거니까

이제 가서 놀아도 돼.”

남자 손님도 악수하자고 손을 내밀었어.

나도 발끝으로 오리들 사이를 걸어가며 손을 내밀었지.

그러다가 한 마리를 밟고 말았어.

그 소리에 놀라 발을 헛딛고 말았어.

그리고 1초 뒤, 나는 고무 오리 바다에서 헤엄치는 모습이 되어 버렸지.

쓰러진 오리들을 바로 세우려고 했지만 쉽지 않았어.

"아빠, 미안해!"

너무 미안해서 아빠를 볼 수도 없었어.

그때 뭔가 이상한 느낌이 들었어.

밥이 내 등에서 사라져 버렸어.

다행히 금방 밥을 찾았어.

밥은 눈도 깜빡이지 않고 있었어.

나 말고는 아무도 밥을 알아보지 못했지만

그대로 둘 수는 없었어.

난 당장 밥한테 달려갔어.

“엘리스!” 아빠와 아저씨가 소리쳤어.

“미안, 미안, 진짜 미안해!”

난 쓰러진 오리들을 세울 겨를도 없이

밥을 손안에 숨기고 후다닥 달려 나왔어.

16장

날 전자레인지에 넣어 줘

나는 창고에 들어가자마자 팝콘을 만들었어.

이번엔 운이 좋았어. 모든 알갱이가 터졌지.

팝콘 천국에 오니까 기분이 훨씬 좋아졌어.

밥은 나와 함께 팝콘을 먹었어.

그런데도 별로 행복해 보이지 않았어.

"밥 너 괜찮니?" 내가 물었어.

"힘이 없어." 밥이 대답했어.

"넌 팝콘을 먹으면 안 되나 봐." 내가 말했어.

"사람도 사람을 먹진 않잖아?"

난 밥을 걱정스럽게 바라봤어.

밥의 노란 색깔이 점점 옅어지고,

반짝반짝 빛나던 피부도 쭈글쭈글해지기 시작했지.

밥이 전자레인지를 가리키며 말했어.

"날 저기 넣어 줘."

내가 머뭇거리자 밥이 소리쳤어.

"저기 넣어 달라니까."

그러고는 눈을 감고 푹 쓰러져 버렸어.

난 얼른 밥을 들어서 전자레인지에 넣었어.

놀랍게도 전자레인지가 돌아가자

밥이 변하기 시작했어.

채 1분도 지나지 않아서 다시 반짝거리는 옥수수

알갱이가 되었어. 레몬만큼 큰 옥수수 알갱이가.

난 그제야 마음이 놓였지만 좀 혼란스럽기도 했어.

밥은 나한테 가장 큰 골칫거리잖아.

밥 때문에 모두 나한테 화가 나기도 했고.

그런데 나 지금 밥이 나오니까 기뻐하고 있어. 왜지?

"너 얼마나 자주 저기 들어가야 해?" 내가 물었어.

"나도 잘 몰라." 밥이 대답했어.

"필요할 때만 들어가면 돼."

그날 저녁, 내 맘을 알 리가 없는 아빠와 아저씨는

몹시 들떠 보였어.

손님들이 둘이 만든 작품을 정말 마음에 들어 했대.

우리한테 새 고무 오리를 만들어 달라고 할 거 같아.
게다가 엘리스, 전자레인지를 엄청 비싸게 사겠단 사람이 나타났어.

저녁에는 어김없이 건강한 음식을 먹었어.

초록색 콧물을 뿌린 것 같은 물고기였지.

거스 아저씨는 그걸 배추 침대에 누운

흰 살 생선찜이라고 불렀어.

난 생선찜을 남겼다가 방으로 몰래 가져왔어.

밥이 후루룩거리며 그걸 먹는 동안 노트북을 살펴봤어.

나한테 이메일이 와 있었어.

미국에서 보낸 거였어.

이메일은 영어로 쓰여 있었어.

인터넷 번역기로 돌렸더니 이런 내용이었어.

엘리스 님께

진심으로 사과드립니다.

저희 팝콘에 문제가 생겨서 정말 죄송합니다.

일부러 그런 것은 절대로 아닙니다.

저희 팝콘이 살아 있는 생물로 변할 리가 없습니다.

사과의 뜻으로 맛있고 품질 좋은 팝콘 한 상자를

보내 드릴 테니 받아 주시기 바랍니다.

그리고 불량 옥수수 알갱이는 상자에 넣고

단단히 포장하여 아래 주소로 보내 주십시오.

Global Popcorn

P.O. Box 126724

Francesville, Indiana 47946

United States of America

난 밥을 가만히 내려다봤어.

편안히 누워서 먹은 걸 소화시키고 있었어.

밥은 이럴 때만 얌전히 있어. 귀여운 녀석.

내가 밥을 상자에 넣어 보낼 수 있을까?

못 할 거 같아. 절대 못 하지.

도대체 밥을 어떻게 해야 할까?

17장

난 할 만큼 했어

토요일 아침인데, 너무 일찍 깼어.

어젯밤에도 잠을 설쳤어.

밥한테 음식을 가져다주느라고 아래층 주방까지

세 번이나 갔다 왔어.

밥이 아빠 방으로 들어가려는 걸 간신히 붙잡기도 했어.

그뿐이 아니야. 다락 작업실에 올라가서 오리들 사이에

숨어 있는 녀석을 찾아야 했어.

보통 일이 아니었지. 앞으로 계속 이래야 할까?

그래서 결심했어.

난 할 만큼 했다고.

밥을 보내야겠어.

밥, 자전거 타러 가자.

너랑 나랑 시골에 놀러 가는 거야.

야호, 먹을 거 많이 준비했지?

물론 음식은 잔뜩 준비했어.

전자레인지까지 챙겼다니까.

전자레인지는 자전거 뒤에 단단히 묶었어.

어쨌든 밥이 쭈글쭈글한 건포도가 되는 건 싫었으니까.

난 자전거 페달을 힘차게 밟았어.

그렇게 도시를 금방 빠져나갔지.

얼마 지나지 않아서 숲에 다다랐어.

숲 바닥은 모래였어.

수백 그루 나무들이 초록빛 그림자를 드리우고 있었지.

어디서나 물구나무를 서도 괜찮을 거 같았어.

밥도 숲을 좋아하는 것 같았어.

도시에 있을 때보다 기분이 좋아 보였어.

작은 소리로 노래하며 춤까지 췄다니까.

역시 내 생각이 맞았어! 밥은 시골을 더 좋아해.

이렇게 하는 게 밥한테도 좋은 일이야.

"여기 진짜 좋다." 내가 소리쳤어.

나 대신에 밥을 돌봐 줄 사람을 찾을 거야.

그럼 모든 게 해결돼. 가끔 밥을 만나러 오면 되는 거야!

밥과 나는 서로 다른 이유로 기뻐하며 숲을 지났어.

그러다 갑자기 자전거를 세워야 했어.

양 떼가 길을 막고 있었거든.

"와!" 밥이 소리쳤어.

밥은 양이 아름답다고 느꼈는지 자전거에서 훌쩍

뛰어내렸어.

"너무 가까이 가지 마!" 내가 소리쳤어.

"양들이 널 밟을지도 몰라!"

당연히 밥은 내 말을 듣지 않았지.

주위를 둘러봤어.

양 떼를 돌보는 양치기는 어디 있지?

자기들끼리 아무 데나 돌아다니는 건가?

양치기라면 밥하고 잘 지낼 거야.

양치기는 양 떼를 책임지는 사람이잖아.

성질이 나쁜 옥수수 알갱이쯤은 쉽게 다룰 거야.

"매애애!" 밥이 갑자기 양처럼 울었어.

난 진짜 양이 우는 줄 알았어.

하지만 양들은 별로 마음에

안 들었나 봐.

매애애!

양들은 이리저리 뛰어다니며

큰 소리로 울었어.

밥이 자기들을 놀린다고 생각했나 봐.

"밥, 이리 돌아와!" 내가 밥을 불렀어.

그때였어.

흰색과 검은색이 섞인 점박이가 내 옆을

쏜살같이 지나갔어.

18장

야, 이 못된 놈들아!

점박이는 양치기 개였어.

양치기 개는 양 떼를 둘러싸고 원을 그리며 달렸어.

몸을 땅에 가까이 낮추고 달렸지.

마치 마법사 같았어.

몇 초 만에 모든 양이 흥분을 가라앉히고

서로서로 가까이 모였다니까.

그걸 보고 밥도 똑같이 해 보고 싶었나 봐.

밥은 양 떼 옆을 달리면서 고함을 지르고

팔을 휘둘렀어.

그 바람에 얌전하던 양들이 다시 흥분해서는

떼를 지어 밥에게 달려들었어!

밥이 위험에 빠졌어!

난 자전거를 팽개치고 밥에게 달려갔어.

밥을 그렇게 빨리 붙잡은 건 기적이었어.

다시 자전거를 타고 달리다가 조금 떨어진

농장에서 멈췄어.

농장 너머로 넓은 밭이 보였어.

처음엔 그냥 풀밭인 줄 알았는데… 세상에!

옥수수밭이었어! 그건 분명한 신호였어.

전자레인지를 자전거에서 내려서 농장 집 현관문까지

끌다시피 가져다 놓았어.

난 마음을 굳게 먹었어.

옷에 묻은 먼지를 털고는 똑똑 문을 두드렸어.

밥을 맡아 달라고 이야기할 작정이었지.

그때 갑자기 비명이 들려왔어. 사나운 꼬꼬댁 소리도.

“밥!” 나도 소리쳤어.

으아악!

배고픈 암탉 열두 마리와 수탉 한 마리가

밥을 쪼아 먹으려고 달려들었어.

내가 닭들을 밀어내고 가까스로 밥을 구했지.

밥은 떨고 있었어.

그러다 결국 너무 화가 나서 껍질을 터트리면서

폭발하고 말았지.

밥이 화를 가라앉히는 데 10분이나 걸렸어.

우리는 농장 옆 작은 풀밭에 앉았어.

내가 한숨을 쉬며 혼잣말을 했어.

“넌 여기서 못 살겠다.”

이런. 너무 크게 말했나 봐.

밥이 날 째려봤어.

“여기서 산다고? 그게 무슨 뜻이야?”

앗! 이게 아닌데….

내가 벌떡 일어나서 말했어.

“우리 그 이야기는 나중에 하자.

가서 전자레인지 가져올게.”

내가 돌아왔을 때, 밥은 그 자리에 없었어.

어디 갔지? 설마 내 속셈을 알아 버린 걸까?

난 농장을 뒤지고 다녔어.

건초 헛간에도 트랙터 안에도 밥은 없었어.

못된 닭들에게도 다시 가 보았어.

닭들은 차분하게 땅바닥을 쪼고 있었어.

밥은 거기에도 없었어.

옥수수밭에서도 밥을 찾지 못했어.

그 어디에서도 밥을 찾을 수 없었어.

밥이 정말로 사라진 거야.

볼이 화끈거렸어.

심장이 덜컹 내려앉는 거 같더니

쿵쾅쿵쾅 세차게 뛰었어.

“밥, 어디 있니? 빨리 돌아와.

나랑 이거 같이 먹자!”

아무리 소리를 질러도 밥은 나타나지 않았어.

세상이 흐릿하게 보이기 시작했어.

눈물이 멈추지 않고 하염없이 흘렀지.

“건강하고 맛있는 머핀을 가져왔단 말이야.”

나도 모르게 혼잣말이 나왔어.

19장

밥이 가 버렸어

나는 전자레인지를 다시 자전거 뒤에 묶고,

천천히 페달을 밟았어.

어디로 갈지 방향도 정하지 않고,

무작정 밥을 찾아다녔어.

풀잎을 하나하나 살피고 땅에 떨어진 낙엽까지

하나하나 뒤졌어.

“난 멍청이야!” 저절로 혼잣말이 나왔어.

밥은 어디에도 없었어.

정말 가 버렸어!

내가 정말 싫었어.

왜 그랬을까?

온통 후회뿐이었어.

밥을 잃다니….

페달을 더 빨리 밟았어.

“난 바보야!” 나에게 소리쳤어.

마구 달렸어.

머리카락 사이로 바람이 지나갔어.

밥, 어디 있니?

그때, 끙끙 앓는 소리에 불만이 섞인 소리가 들렸어.

분명 밥이었어.

심장이 쿵쾅쿵쾅 뛰었어.

난 브레이크를 힘껏 밟았어.

밥은 길가에 누워 있었어.

눈이 감겨 있었고 배가 오르락내리락했어.

밥을 들어서 내 얼굴 가까이 댔어.

그러고는 나도 모르게… 밥에게 뽀뽀했어.

밥이 눈을 활짝 뜨고 소리쳤어.

밥은 미친 듯이 얼굴을 문질렀어.

그러더니 내 손 위에서 허둥지둥 일어섰어.

밥이 내 코를 가리키며 말했어.

"엘리스, 넌 내 왕자님이 아니야.

난 너의 공주님도 아니고. 그러니까 키스하면 안 돼!"

난 씩 웃었어.

밥이 돌아왔어. 멀쩡히 살아서 돌아왔다고!

밥이 화내는 게 웃겼어. 목이 터져라 크게 웃었지.

“너 웃는 게 꼭 하이에나 같아.” 밥이 투덜댔어.

그리고 눈을 반짝반짝 빛내며 말했어.

“나 배고파!”

웃음을 멈출 수가 없었어.

너무 심하게 웃어서 배가 아팠어.

그래도 웃고 또 웃었어.

내려앉았던 심장은 제자리로 돌아왔어.

밥이 돌아왔으니까.

다시는 밥을 보내지 않을 거야.

밥은 머핀을 먹었어.

그래도 상태가 좋아지지 않았어.

여전히 힘이 없고, 점점 얼굴이 하얘졌어.

“저기 들어가고 싶어.”

밥이 전자레인지를 가리켰어.

전자레인지를 쓰려면 전기가 필요한데

어디로 가야 하지?

자전거를 타고 또다시 숲속을 달렸어.

그러다가 새 관찰 오두막에 다다랐어.

“저기에 전기 콘센트가 있어야 하는데….”

다행히 밥은 금방 쌩쌩해졌어.

둘이 호숫가에서 샌드위치를 나눠 먹었어.

난 너무 행복해서 물구나무를 섰어.

밥이 눈을 크게 뜨고 나를 쳐다봤어.

“와 대단하다.” 밥이 소리쳤어.

“그거 어떻게 하는 거야?”

내가 시범을 보여 주자

밥은 오후 내내 물구나무서기를 연습했어.

우린 자전거를 타고 집으로 돌아갔어.

햇빛이 내 얼굴을 비추었어.

페달을 천천히 밟으며 나아갔지. 평화로웠어.

밥이 조용히 입을 열었어.

"날 버리고 싶었구나."

난 침을 꼴깍 삼켰어. 역시 밥은 눈치채고 있었던 거야.

"미안해, 밥. 진짜진짜 미안해. 내가, 음…. 그건 실수였어.

하지만 네가 자꾸만 도망쳤잖아.

너도 알지? 너 가끔 좀…"

처음으로 밥과 길게 이야기했어.

하지만 밥이 어떻게 살아 있는 옥수수 알갱이가

되었는지는 여전히 알 수 없었어.

내가 함께 알아내겠다고

밥에게 약속했어.

밥은 잘 숨어 있겠다고

약속했지.

20장

카우보이 오리 밥

집에 도착했더니 빨갛고 노란 배달 트럭이 집 앞에
서 있었어.

모자를 쓴 젊은 배달부가 막 초인종을 누르려고 했어.

내가 자전거에서 내리면서 배달부를 불렀어.

"아저씨!"

배달부가 뒤를 돌아보고 말했어.

"미국에서 보낸 택배예요.

받는 사람이… 엘리스 씨인데요."

"저예요."

배달부가 상자를 건넸어.

상자는 컸지만 별로 무겁진 않았어.

상자에는 우표와 스티커가 덕지덕지 붙어 있었어.

어느새 루이가 킥보드를 타고 나타났어.

궁금해 죽겠다는 표정이었지.

"거기 뭐 들었어?" 루이가 물었어.

"그리고 자전거 뒤에 오븐은 왜 실었어?"

"응, 자전거 타다가 배고프면 쓰려고."

상자를 들고 창고로 가서 열어 보았어.

"먹을 거다!" 밥이 행복하게 소리쳤어.

나도 씩 웃었어.

그렇게 많은 팝콘은 처음 봤어.

머릿속에 아이디어가 떠올랐어.

"밥, 내가 이걸로 뭘 하려는지 알겠니?" 내가 물었어.

"먹자!" 밥이 다시 소리쳤어.

내가 고개를 끄덕이며 대답했어.

"그래. 하지만 애들한테도 나눠 줄 거야.

월요일에 학교에서. 이건 비밀 작전이야.

단테도 주고 루이도 줄 거야.

에릭한테도 주고, 우리 반 애들한테도 다 줄 거야."

"그러면 애들이 널 다시 좋아할까?" 밥이 물었어.

"글쎄, 넌 어떻게 생각하는데?"

내가 다시 물었어.

밥은 내가 돌아올 때까지 창고에 있겠다고 약속했어.

난 아빠가 얼마나 화났는지 알아봐야 했어.

이렇게 오래 밖에 있었던 건 이번이 처음이었거든.

허락도 안 받고 말이야.

하지만 걱정할 필요도 없었어.

"사랑하는 우리 딸이 왔네!"

아빠가 날 보자마자 소리쳤어.

거스 아저씨는 내 머리카락을 마구 흐트러뜨렸어.

"모험을 떠났던 거니?"

난 놀라서 고개를 끄덕였어.

"잘했어!" 아빠가 말했어.

"우리한테 굉장한 소식이 있어."

내가 얼굴을 찡그리며 말했어.

아빠가 웃었어.

“아 그거? 그 주문은 가짜였어.

누가 중고 전자레인지를 55만 원이나 주고 사겠니?”

나도 억지로 웃었어.

“그거 말고 다른 소식이야.” 거스 아저씨가 말했어.

“어제 왔던 손님들 기억하지?”

어떻게 잊겠어? 고무 오리 바다에 자빠졌었는데.

아빠가 웃으며 말했어.

“그분들이 우리한테 일을 맡겼어. 고무 오리가 아주

좋다고 하더라고. 카우보이모자를 쓴 오리가

특히 맘에 들었대. 근데 엘리스 너도….”

너도 알지만, 우리한텐
카우보이 오리가 없잖아!

난 천천히 고개를 끄덕였어.

카우보이 오리는 밥이었으니까.

아빠가 다시 말했어.

"엘리스, 이것 좀 봐. 내가 디자인한 카우보이 오리야.

이제 이름만 정하면 돼."

"밥." 내가 불쑥 내뱉었어.

아빠와 아저씨가 손뼉을 치며 좋아했어.

"밥? 고무 오리 밥! 완벽해!"

거스 아저씨가 성공을 축하하자고 했어.

아빠가 싱크대를 하나씩 열며 말했어.

난 건강한 음식에
좀 질렸어.
너희는 어때?

거스 아저씨가 빙그레 웃었어.

“전자레인지를 못 팔아서 참 다행이야.

너도 그렇지, 엘리스?

오랜만에 팝콘 파티를 하는 건 어때?”

난 잠시 말없이 있었어.

그러고는 고개를 가로저었어.

“음…. 난 건강한 음식을 먹을래.”

띵!
Kerst

끝

한편, 미국에서는 또 다른 일이 벌어지고 있었다.

아주 중요한 일이….

여기는 다시

미국 중서부 옥수수 농장.

"난 코럴라인 콘이에요. 글로벌 팝콘의 대표죠.

얼마 전에 네덜란드에서 편지가 왔어요.

거기서 문제가 좀 생긴 것 같은데

내가 가서 해결할 거예요."

"이게 다 빌 씨 때문에 생긴 일이니 나와 함께 가야겠어요. 안 가겠단 말은 하지 마세요. 그랬다간 우리 회사에 옥수수 한 톨도 못 팔 테니까요. 뭘 기다리고 있죠? 빨리 짐 싸세요!"

미국
네덜란

글을 쓰는 마랑케와 그림을 그리는 마르테인은
함께 여러 어린이책을 만들었어요. 두 사람은
부부 사이로 세 자녀, 그리고 세 고양이와 함께 네덜란드 로테르담에 살아요.
그들이 사는 집은 이전에 정육점이었대요. 하지만 두 사람은 고기를 먹지 않죠.
그 대신에 팝콘을 엄청나게 먹는답니다.

글 마랑케 링크

1976년에 네덜란드 로테르담에서 태어났습니다. 오랫동안 교사로 일했으며, 지금은 어린이책 작가로 책을 쓰며 어린이와 어른을 위한 글쓰기 강좌를 열고 있습니다. 판타지와 유머가 풍부한 모험 이야기를 좋아하며, 군더더기 낱말이 들어간 글을 아주 싫어합니다. 마랑케가 지은 책은 중국, 멕시코, 미국, 이탈리아, 영국, 독일 등 여러 나라에서 번역되어 출판되었습니다.

그림 마르테인 판데르린덴

20년 가까이 일러스트레이터로 일했습니다. 아내이자 작가인 마랑케 링크와 다른 작가들이 쓴 여러 어린이책에 그림을 그렸습니다. 초현실적인 동물 그림부터 유머러스한 흑백 그림까지 다양한 스타일의 그림으로 여러 상을 받았습니다.

팝콘 밥과
미로찾기
나 잡아 봐라!

팝콘 밥 색칠하기
BOB
POPCORN

❶말하는 옥수수 팝콘 밥이 나타났다!

초판 1쇄 발행 2025년 2월 11일
글쓴이 마랑케 링크 · **그린이** 마르테인 판데르린덴 · **옮긴이** 신동경
펴낸이 이선아 신동경 · **꾸민이** 진보라
펴낸곳 판퍼블리싱 · **출판등록** 2022년 9월 21일 제2022-000007호
주소 서울시 마포구 연남로3길 73-6 2층
이메일 panpublishing@naver.com · **팩스** 0504-439-1681

ISBN 979-11-988986-5-4
ISBN 979-11-988986-4-7(세트)